¡ Happy Birthday Eewee!

¡ Feliz cumpleaños Eewee!

¡ We love you tooooooo much!

Paylo, Rosa, Maya, Kinan Tupac

La familia Reguerín - Plaza

¡No, David!

David Shannon

EDITORIAL EVEREST, S. A.

Para Martha, mi madre,
quien me mantuvo a raya entonces,
y para Heidi, mi esposa,
quien me mantiene a raya ahora.

NOTA DEL AUTOR

Hace algunos años, mi madre me envió un libro que yo
había hecho cuando era niño. Se llamaba *David, no*, y
estaba ilustrado con dibujos de David haciendo toda
clase de travesuras. El texto consistía enteramente en
las palabras *no* y *David* (las únicas que yo sabía
escribir). Pensé que sería divertido recrear el texto con
variaciones de esa palabra universal que todos hemos
escuchado durante nuestra niñez.
Por supuesto que *sí* es una palabra estupenda… pero *sí*
no evita los dibujos en las paredes de la sala.

Título original: *No, David!*
Traducción: Teresa Mlawer

Copyright © 1998 by David Shannon. All rights reserved. Published by
arrangement with Scholastic Inc., 555 Broadway,
New York, NY 10012, USA
© EDITORIAL EVEREST, S. A., para la edición española
Carretera León-La Coruña, km. 5 - LEÓN
ISBN: 84-241-5885-7
Depósito Legal: LE. 34-2000
Printed in Spain - Impreso en España

EDITORIAL EVERGRÁFICAS, S. L.
Carretera León-La Coruña, km. 5
LEÓN (España)

La mamá de David siempre decía…

¡No, David!

¡David, ven aquí!

inmediatamente!

¡DAVID,

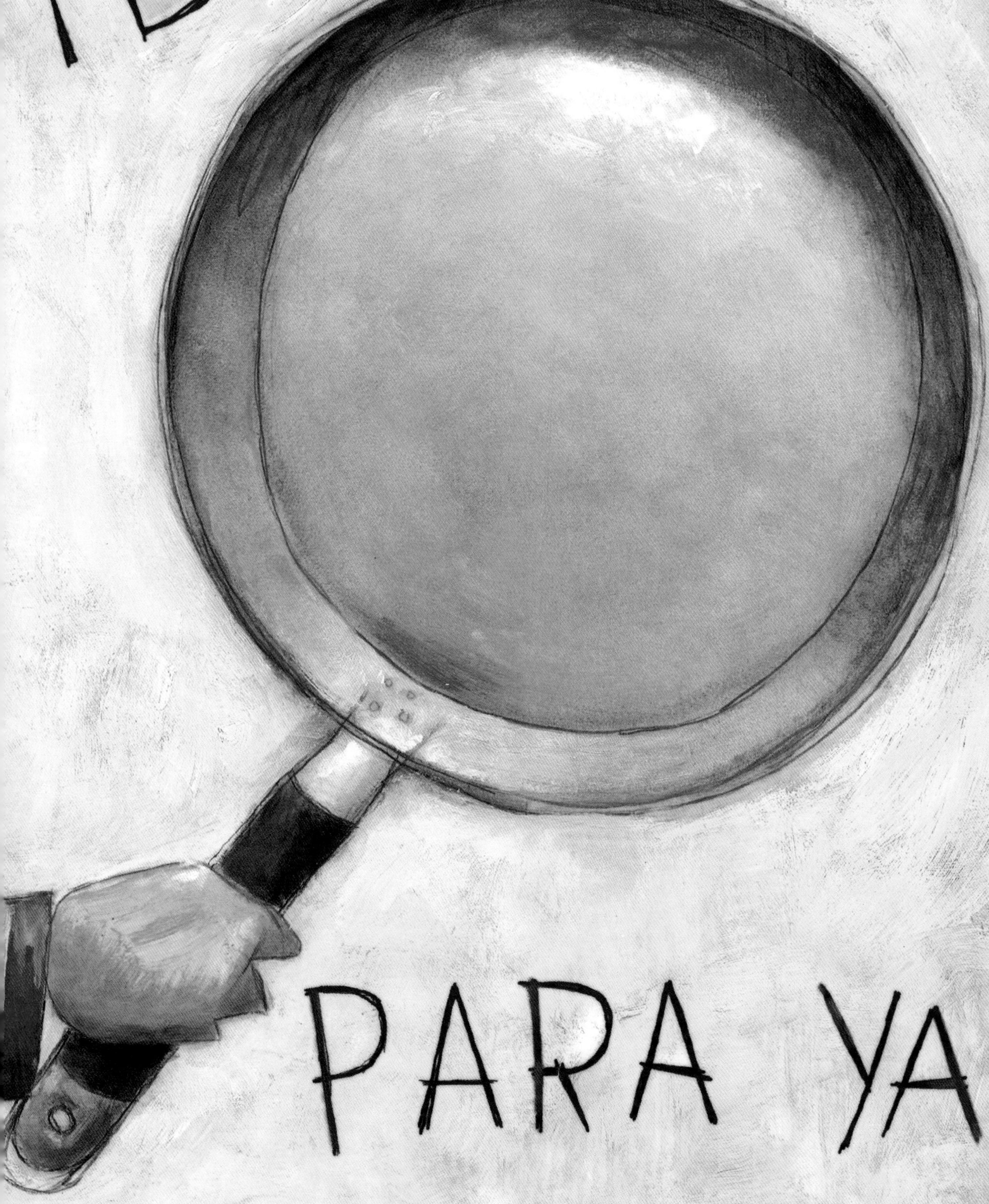

PARA YA!

¡Basta ya,

¡Vete a

¡Tu cuarto!

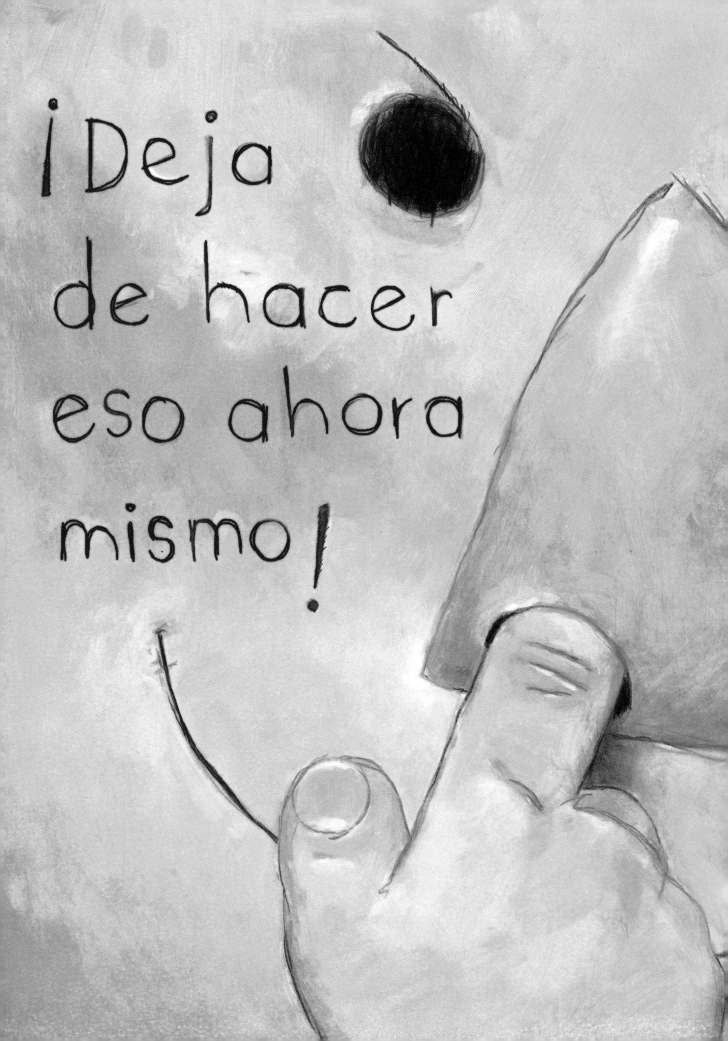

¡Recoge los juguetes!

¡Dentro de casa

Sí, David ...

¡Te quiero!